JN097177

二上山

句集　ふたかみやま

西川徳蔵

東京四季出版

序

句集『二上山』は西川徳蔵さんの第一句集である。この作者も語っている通り、二上山はこの作者が朝に夕に仰いできた山をありがたいと思って句集名にしたという。もう一つ書き添えておきたいことは二上山を描いた西川徳蔵さんの絵が、今年から私の主宰する俳誌「運河」の表紙を飾っているということである。このことが西川徳蔵さんを大きく勇気づけたと私は思っている。句集『二上山』の作品を読んでみると、ひと言で言って西川徳蔵さんは努力を続けてきた作家であるということができる。絶えず前を目指して、句を詠んでいることが伝わってくる。『二上山』という句集の名に負けまいとするこの作家の意思が貫かれていることが伝わってくる。

私はいま暗峠を間近に見、この暗峠に連なる二上山を思い描いてこの序を書いている。
初期の作品を見てみよう。

てのひらに掬ひたる蝌蚪呼吸せり
鯊の竿納めて入日見てゐたり
峠まで連なる棚田雲雀鳴く
紺碧の秋潮分けてゆく航ぞ
左義長のふるまひ酒に酔ひにけり
揚雲雀人工島に鳴きにけり
水浴びに鵯の来てゐる手水鉢
以上「揚雲雀」より

囀に新しき声加はれり
二上山の夕焼映る代田かな
虫送り柳生の闇を出でゆけり

ポケットにどんぐりがあり出勤す
桐の花たしかめたくて丘に来し
雪催妻のピアノの音軽し
予定なき日の美しき鰯雲

以上「虫送り」より

例えば、「揚雲雀」の章の一句、揚雲雀の鳴いていたのが人工島だという発見が新鮮である。「虫送り」の章から一句といえば、「ポケットに」の句である。この句が「出勤す」に繋がっていくとは、だれもが思い描かないだろう。

句集『二上山』の他の章の佳句を上げて、序に代えたい。

二上山大きく見えて青田風
湖の暮れゆく早さ曼珠沙華
こんなにも飛びゐてしづか綿虫は

鵙鳴きて結婚記念日と思ふ
橋脚を営巣の場に岩燕
干店に予約しておく藻屑蟹
馬見とは太子の狩場木の芽風
日の出づる山を恵方として歩く
戦せぬ年続けよと初日記
山陰も日向もよけれ山桜

潔い第一句集の出立である。

令和二年三月

「運河」主宰　茨木和生

二上山◉目次

装画　西川徳蔵
〔二上山　春景〕
装幀　髙林昭太

句集

二上山

ふたかみやま

揚雲雀

春灯窓辺に寄れば潮匂ふ　平成八年

刈田となり稲の匂ひの残る道　平成九年

平成十年

紫雲英田に白球一個忘れられ

てのひらに掬ひたる蝌蚪呼吸せり

夏帽子土手に現れては隠れ

朴若葉雨粒強き音立てて

花茣蓙の香り少年期をおもふ

眉の濃き島人さたうきびを刈る

父の亡き家をつつみて虫しぐれ

鯊の竿納めて入日見てゐたり

畦に踏み込み霜柱崩しけり

冬日向埴輪の眼何処眺む

葛城山は闇に沈みて野火見ゆる

平成十一年

観音の腰の肉づき風光る

峠まで連なる棚田雲雀鳴く

葉桜の山門までの上り道

竹之内峠越えたる植田かな

地に落ちし毛虫の歩み速きかな

日盛の懸樋を水のあふれ出て
紺碧の秋潮分けてゆく航ぞ

秋うらら広場に儀仗兵集ひ

落葉敷く境内に朱のポルシェ止め

軒深き旧街道の冬構

冬雲の影山襞を移りゆく

平成十二年

左義長のふるまひ酒に酔ひにけり

梅ふふむ巻向川の瀬音かな

御堂より白木蓮をまぶしめり

揚雲雀人工島に鳴きにけり

花筏渦をまきつつ流れゆく

列車待ちゐて雉の声聞きにけり

田水引く水口に泡盛り上がり

宇陀の野の闇に蛍を追ひにけり

秋気満つチャペルの石柱に凭れ

自転車の籠に一束彼岸花

水浴びに鵯の来てゐる手水鉢

貼り終へし障子をよぎる影は何

老一人冬日を負うて畑を打つ

探梅行山の辺の道それて行き

虫送り

平成十三年

梅ふふむ追分の辻下り来れば

囀に新しき声加はれり

造成のせまりくる田に雉鳴けり

満開の桜の下に猫眠る

二上山の夕焼映る代田かな

伸びし身の透きとほりたる蝸牛

虫送り柳生の闇を出でゆけり

一匹となりし金魚の水替ふる

捥ぎし茄子日のぬくもりを留めをり

葛城も金剛も晴れ小鳥来る

ポケットにどんぐりがあり出勤す

深吉野の峡に仰げり星月夜

平成十四年

金堂の甍越えゆく花吹雪

桐の花たしかめたくて丘に来し

合歓の花雨後の日差のまぶしくて
御祓を受けて出発虫送り

甜瓜少年の日のよみがへり

色褪せし団栗溝にかたまれり

赤き実を散らし鵯逃げゆけり

一粒づつ光放てり芋の露

雪催妻のピアノの音軽し

囀を制するごとく雉鳴けり

平成十五年

紫雲英田に寝て鳥の声草の声

潮速し栗の花咲く瀬戸の島

兜虫一生終へし骸かな

二階より芙蓉の花を眺めをり

天心の月陵を照らしをり
轆轤止め落葉の降るを見てゐたり

好物の大根を煮て息子待つ

探梅の山の辺それて巻向へ

餅搗きのかけ声園舎より聞こゆ

濡縁に猫の足跡霜の朝

煤逃の図書館に来てゐたりけり

蕗の薹摘まずスケッチ楽しめり

平成十六年

菜の花の咲く文学館訪ねをり

轆轤の手止めて初音を聞きゐたり

紫雲英田に母子の会話弾みをり

鳰の巣を船頭竿で教へけり

摘み取りし花菖蒲のせ舟もどる

来客に疲れし妻の午睡かな

切株の樹脂噴き出でて夏盛ん

新涼や色鉛筆の削り屑

ごろんぼの西瓜を鳥啄めり

尻上げて水呑みつづく秋の蜂

熊蜂の寄りて死にたり朝の露

予定なき日の美しき鰯雲

厨まで刈られし萩を焼く匂ひ

藷の蔓なり自家製の佃煮は

残されし煉瓦の倉庫蔦紅葉

角切の逃げたる鹿にどよめけり

埋立ててせばまりし池鴨群るる

煮凝の好きなりし母想ひけり

笹鳴

平成十七年

円陣を組みしごとくに落椿

夕立の過ぎたる駅に降りにけり

四脚門くぐりて雪の村に入る

雪晴の湖北の村の静けさよ

薄紅の貝殻拾ふ春の浜　平成十八年

鶸色を包む紫蕗の薹

杉花粉波状をなして飛散せり

二上山大きく見えて青田風

笹百合をかざし四人の巫女舞へり

釣具店鯊の釣果を貼り出せり

白き胸朝日に向けて鴨泳ぐ

冠雪の二上山仰ぎ出勤す

時ならぬ雪に出合ひし那智の滝

間伐のチェーンソーの音春近し

山茱萸の花と遠目にわかりけり　平成十九年

落椿鬱金の蕊の崩れゐず

笹百合の咲く山裾を巡りけり

蜘蛛の囲を称へてしばし眺めをり

今朝秋の画室テレピン油の匂ひ

鵙鳴けり今年も来しといふごとく

大湯屋の格子の内に秋日差す

探梅のグループ全員句帳持つ

寒あやめ朝日まとひて開きをり

灯台へ水仙畑つづきけり

平成二十年

整理せり手書きの賀状残しつつ

囀のひときは高き一羽かな

八重桜映ゆる石壁パリの街
新真綿売りゐる露店三輪詣

草陰に蛍火消えてゆきにけり

絵具では出せず茄子の色艶は

月見草宅地一画残りゐて

大根の間引菜の根の白さかな

煮上がりし鰤大根の琥珀色

改札に注連飾りをり無人駅

平成二十一年

初旅に青春切符使ひけり

全身を震はせて蝶羽化したり

蝌蚪の貌見ゆる浮草分けたれば

夏の蝶影したがへて止まりけり

芍薬の活け方褒めてくれし人
水面に映りて散りて合歓の花

空蟬の四肢曲がりゐて強張れり

栴檀の花軍鶏小屋の屋根に散る

灯台の見えて明るき夏の海

鯖雲の広がる空となりにけり

郵便車ゆく霧籠めの沈下橋

湖の暮れゆく早さ曼珠沙華

檀の実青々句碑が奥に見え

烏瓜青畝の生家荒れゐたり

笹鳴を綿弓塚に聞きにけり

こんなにも飛びゐてしづか綿虫は

笹子鳴く高天原に道とれば

鳰月の湖面に潜りけり

綿虫

平成二十二年

新日記一句認め始めけり

人垣のでき始めたる猿回し

恵方へと反橋渡り行きにけり

息継ぎの泡吐きて蝌蚪潜りけり

囀の声どの木にも弾みをり

花冷の城の巨石に触れにけり

聞き惚るる高天原の老鶯に

沢蟹の爪水底に沈みをり

夕凪の波止纜の垂れゐたり

片陰に入りて城壁仰ぎけり

摑まへし蝗意外に柔らかし
住職に蓮の実もらひ食べにけり

あきあかね高天原に降り来たり

鵙鳴きて結婚記念日と思ふ

露にきらめき穭田の広がれり

ふぐり付く御幣かかげて在祭

托鉢僧立つ朝寒の御堂筋

綿虫の行き着くところ見てみたし

薄氷の上を鶺鴒走りけり
平成二十三年

輝きの増したる流れ猫柳

囀を聞きもらさじと歩を運ぶ

春潮に裾洗はるる人魚像

揚雲雀峠を越えて雲流れ
中天に日の暈かかり練供養

一歩づつ娑婆への歩み練供養

岩越ゆる水も日差も薄暑かな

水音のとぎれず聞こえ河鹿笛

力まずに打てばよき音草鉄砲

茅萱巻く茅の輪づくりを教はれり

萱の香の残れる茅の輪くぐりけり

一山の蟬神木に寄りゐたり

山上の小さき校庭やんま飛ぶ

鳥の絵馬掲ぐる社小鳥来る

薬草園鵙美しき声で鳴く

柿たわわ大和の色と思ひけり

干柿にせしあとの皮畑に撒く

猪罠にけものの強き臭ひ立つ

叢にまぎれてゐたる真鶸かな

立冬の木立短き影まとふ

干店を覗く楽しみ霜月祭

宇陀の空晴れて明るき冬の鵙

綿虫のたゆたひをれどぶつからず

枯色にそれぞれの色冬木立

恵方といふ小路をぬけて来たりけり

平成二十四年

八束穂の幔幕飾り祈年祭

楢枯れの目立てる山も芽吹きけり

花苺すでに小粒の実を持てり

川底の砂紋際やか柳鮠

橋脚を営巣の場に岩燕

城山は竹に侵され竹落葉

産土の神は陰岩梅雨じめり

水音のとぎれず聞こえ額の花

潮引きし岩に船虫群れゐたり

放置田の増えし棚田の草いきれ

秋暑し中上健次住みし町

寡黙なる青年一人鯊を釣る

竜骨を晒したる船ちちろ鳴く

鈴虫の初鳴きかもと聞きすます

こぼれ落つ零余子なかなか拾はれず

足元に蝗飛び交ふ畦をゆく

朝採りの芋茎も干店に並ぶ

新小豆莢より出して見せくれし

石垣の高々とある紅葉寺

萩焚火美しき灰残りけり

霜柱踏んでみたくて田を歩く

円成寺素通りをして薬喰

浮寝鴨

行基像御座す御堂の淑気かな　平成二十五年

死にゐたる鮒を啄む寒鴉

祈年祭禰宜がこまめに火を焚きて

木雫の意外と落ちず雪解風

初燕潮ふくれくる入江飛ぶ

神籬の高枝移り囀れり

蝌蚪生れて田の押堀の賑はへり

てのひらに餡のぬくもり蓬餅

鮎貰ふ解禁の日に釣りたると

瑠璃蜥蜴修験の道を横切れり

よき声の鳥の名知らず旱梅雨

伊勢街道嶺越す雲も夏めけり

水口の石沢蟹の爪のぞく

目の合ひし半裂ぷくと泡を吐く

梅雨明けの色山襞も行く雲も

干店に予約しておく藻屑蟹

芋の露流るる雲を映しけり

貝割菜畝に小さき影纏ふ

空の色ダム湖の色も野分晴

奥降りの水嵩ひかず下り簗

燈花会の見上ぐる闇にアンタレス

秋興の渚に小貝拾ひけり

秋遊あさぎまだらの飛ぶも見て
鴨来たることを確め帰りけり

芭蕉忌のぞくぞくとする寒さかな

穭穂の枯れ美しき宇陀郡

着ぶくれの尻をずらして席譲る

浮寝鴨一羽が泳ぎ出しにけり

平成二十六年

神籤売る巫女の丑紅華やかや

地鳴にも抑揚の出て春近し

今日あたり初音あるやと歩を運ぶ

振舞の醴酒に和む祈年祭

青越えの道より芽吹く山仰ぐ

（注）青越えの道とは、榛原で伊勢本街道と分れ
青山峠を越えていく伊勢街道のこと。

馬見とは太子の狩場木の芽風

春惜しむ真野の入江に手を浸し

山骨の粗き渓道河鹿笛

触れてみて驚く硬さ梅雨茸

梅雨茸意外に匂ひなかりけり

兜蝦泳ぐ田に蛭見かけざる
潮色も流るる雲も晩夏なる

舟べりに寄するさざ波秋隣

雑草の目立つ田なれど稲黄ばむ

駅からも摩崖仏見え天高し
貝割菜指で上土寄せゐたり

夕空は広重の色鴨飛来

山越えの日差のびやか稲架襖

神籬に日の移り来て笹子鳴く

小刻みに翅ふるはせて冬の蝶

山眠る空き家の目立つ在所抱き

年木積む山家に人の住みをらず

時鳥

平成二十七年

日の出づる山を恵方として歩く

鳥声もくぐもる伊賀のもどり寒

島影も潮も鈍色鳥曇

観潮の音せぬ渦の不気味さよ

田の神の幣を祀りて畦塗れり

繋船の旗靡かせて鰆東風

川石の乾きて白し薄暑光

田植機の音に一村活気づく

薄雲の崩れず流れ合歓の花

行々子葦の穂先を揺らし鳴く

雲に雲寄せ来る空を鳥渡る

古道より逸れて花野に入りにけり

飛蝗とぶ草にまぎれてゐたりしが

爽涼の日差こまやか旧街道

枝移りゆける真鶸のふくみ声

杜若一茎なれど返り咲く

ひと時雨ありて芭蕉忌賑はへり

枯色のよき吉隠《よなばり》の尾根続く

蕭条と枯蓮の茎折れて立つ

年輪の木目美し年木積む

平成二十八年

襖絵の龍の墨色淑気満つ

戦せぬ年続けよと初日記

屋根よりも地べたの好きな雀の子

滑走路海へと延びて陽炎へり

橋杭に野鯉寄りゐて水温む

春灯の影ほのぼのと伎芸天

蛇の衣脱ぎしばかりの艶を持つ

村活気づく代搔の音聞こえ

滴りの草にふくらみ雫せり

碁石忌の過ぎてあかねのよく飛べり

ひよこひよこと手繰られてくる烏瓜

籾殻焼く伊賀の日暮の早くして

力まずに吹けばよき音ひよんの笛

投げ縄を躱せし鹿にどつと沸く

版木彫る木屑の匂ひ秋闌くる

翁忌に欠かさず参じ傘寿過ぐ

笹鳴の声に抑揚出で来たり

歳晩の門川激ち流れけり

平成二十九年

餅花の影弁柄の格子戸に

寒猿の声崖上を遠ざかる

底泥に触れず寒鯉寄り来たり

祓戸の神の幣とぶ雪解風

ものの芽をさそふ日和となりにけり

代掻の田水濁りて草浮けり

近づかず遠のかず鳴く時鳥

雲流れをれど蒸せきてえごの花

青田道風は田水の匂ひして

宇陀暑し秋分の日を過ぎたれど

海峡の見ゆる花野に来てゐたり

笹子鳴く空の透けたる雑木山

枝移りして神籬に笹子鳴く

綿虫に羽音あるやと耳すます

草氷柱日差散らして雫せり

鵙日和

平成三十年

住吉の松美しき六日かな

懸想文年甲斐もなくときめけり

藁苞に色ほのと透け寒牡丹

門川の弾む音して春隣

崖上に人の声する野梅かな

菜屑鋤き入れて耕すなぞへ畑

農薬を使はぬ田なり紫雲英咲く

築地塀崩れてゐたる花馬酔木

夏きざす空の青さも潮色も
放ちたる蛍の匂ひ手に残る

活着の青さとなりて植田澄む

水見えぬほどに株張る青田かな

山抜けの地肌があらは夏の果

水嵩の減りたる中洲ちちろ鳴く

鵙高音熊樫の杜あたりより
軒に積む割木匂へる鵙日和

小鳥来る声の楽しき雑木山

芭蕉忌の峠を越えて来たりけり

大振りのおでん嬉しきおもてなし

日溜りに出て綿虫の青く透く

新しき伐り口重ね榾を積む

凍て雲の低く動かず宇陀の空

平成三十一年

初音聞きたれば足取り軽くなる

軒に吊る杉玉揺らす雪解風

鉄幹の逞しき瘤梅ふふむ

跡継ぎの凜凜しき禰宜の祈年祭

青空は日に輝きて初燕

走り根に地蔵祀られ落椿

堰を越す水生き生きと柳鮠

山陰も日向もよけれ山桜

令和元年

畦道は山家に尽きて柿若葉

蛍火の浄土となれり渓の闇

畳なはる山を遠くに植田澄む

雨近き風の匂ひよ栗の花

鳥影のすばやく過る枯木立

荒鋤の田の土色も春隣

句集　二上山　畢

あとがき

俳句を始めようと思い立ったのは、還暦を迎える教員生活退職間近の頃でした。

それまで私は、三十歳の頃から本格的に油絵制作を始め、美術展に出品したり、個展を開く生活を送って来ました。が、退職後はこれまでの生活で経験したことのない新しい刺激を受けて、日々楽しく過ごしたいという想いを持っていました。若い頃、与謝蕪村の俳句に親しみ、萩原朔太郎の『郷愁の詩人与謝蕪村』を愛読した下地が俳句を選んだ理由かもしれません。

定年退職する五年前（平成五年）から俳句講座の受講を始めました。基礎講座、実作講座の通信指導を受け、俳句の基礎を学び、平成八年頃から朝日新聞の「大和俳壇」に投句を始めました。月間奨励賞の楯をいただいた事が励みになり、俳句を続けていこうという気持ちを新たにしました。選者は、茨木和生先生でした。

「運河」に入会したのは平成十年。結社の句会に初めて参加したのは「四万十川吟行俳句会」でした。吟行の楽しさを体験し、それをきっかけに「運河」支部の大阪・御所金剛・甘羅・大和などの句会に参加、今日まで続いています。

俳句との出合いによって、それまで知らなかった日本の自然の豊かさや、農耕に関わる神事や共同作業などを見聞する機会に恵まれ、俳句をしていてよかったと実感しています。句会や俳句大会を通して多くの方々との交流も生まれ、俳句のある生活に充実した日々を過ごしています。

令和二年から、「運河」誌の表紙絵を担当することになり、皆様の期待に添えるよう精進を続けて参る所存です。

句集の標題『二上山』（ふたかみやま）は、香芝市に移り住んで三十年、拙宅から朝な夕なに仰ぐ二上山によるものです。折に触れて描き、句に詠み、親しんできた山です。

句集上梓に当りましては、ご多忙の茨木和生主宰に選句をいただき、序文を賜りました。厚く御礼申し上げます。また、句集編集に多大の労を賜りました田邉富子様に深く感謝申し上げます。

末筆になりましたが、出版に際しましては東京四季出版の皆様に大変お世話になりました。心よりお礼申し上げます。

令和二年四月

西川徳蔵

著者略歴

西川徳蔵（にしかわ・とくぞう）

昭和11年7月大阪府東大阪市生まれ
平成10年「運河」入会　茨木和生に師事
平成25年「運河」同人

公益社団法人俳人協会会員　大阪俳人クラブ会員
奈良県俳句協会会員
主題派美術協会会員

現住所　〒639-0223 奈良県香芝市真美ケ丘3-19-3

令和四季コレクションシリーズ10
句集　二上山　ふたかみやま

令和二年六月十日　初版発行

著　者●西川徳蔵
発行人●西井洋子
発行所●株式会社東京四季出版
〒189-0013 東京都東村山市栄町二－二二－二八
電　話　〇四二－三九九－二一八〇
FAX　〇四二－三九九－二一八一
shikibook@tokyoshiki.co.jp
http://www.tokyoshiki.co.jp/

印刷・製本●株式会社シナノ
定　価●本体二七〇〇円＋税

©Nishikawa Tokuzo 2020, Printed in Japan
ISBN978-4-8129-1009-2
乱丁・落丁本はおとりかえいたします